SIMPLÍCIOS E CONFUCIOS

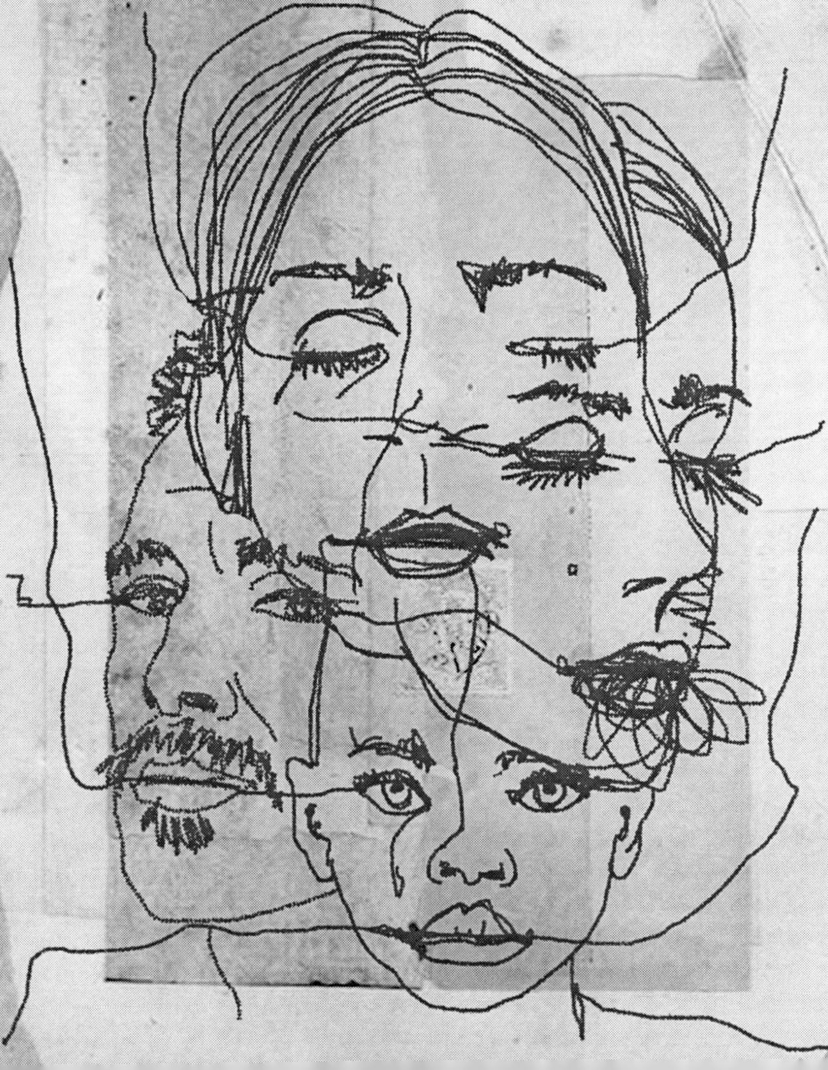

Editora Kotter
2019

SIMPLÍCIOS E CONFUCIOS

coordenação editorial
Sálvio Nienkötter

editor-adjunto
Raul K. Souza

editora-adjunta
Isadora M. Castro Custódio

capa | projeto gráfico
Paula Villa Nova

produção
Cristiane Nienkötter

Dados Internacionais de Catalogação na Publicação (CIP)
Angélica Llacqua CRB-8/7057

Kirinus, Gloria
Simplícios e Confúcios|Gloria Kirinus

Curitiba: Kotter Editorial, 2019.
88 p. (Mini contos)

ISBN 978-65-80103-43-0

1. Contos brasileiros 1. Título "Simplícios e Confúcios"

CDD B869.93

19-1399

Kotter Editorial
Rua das Cerejeiras, 194
82700-510 | Curitiba/PR
+55 41 3585-5161
www.kotter.com.br | contato@kotter.com.br

1o edição
2019

Dedicatória

Para Angela Leite de Souza e Marina Colasanti, amigas que me eternizam a cada mínimo encontro.

Para Roseana Murray e Gustavo da Hora, que me contaram que a poesia também mora na minha prosa.

Agradecimento

Para Dante Kirinus, meu filho, que me apresentou novos amigos e me presenteou com sua leitura atenta e criteriosa.

Há nomes
que condicionam
destinos.

Moacyr Scliar

Destinados

Genuíno

Sem vontade de sorrir, o garimpeiro da Serra Pelada fez o gesto da letra "e" com a boca.

- Qual o motivo para mostrar os dentes? Reclamou o patrão.

A letra "e" não pretendia sair tão cedo da forma e da forja daquele sorriso.

- Os colegas o alertaram: - Ô garimpeiro, hoje é dia de garimpar e ficar de cabeça baixa, cavando a cova para o sol dormir. E o garimpeiro cavou sem vontade a cova dos fios de sol, onde tatuís de ouro se aninhariam ali por pouco tempo.

Era evidente que para Genuíno o dia não era o melhor para garimpar. Era dia de procurar seu dente, sim senhor. Seu dente in natura. Seu dente, naturalmente de ouro. O mais genuíno que ele tinha. Genuíno da gema, como ele mesmo gostava mostrar, com o indicador, para os amigos. Esqueceu da letra "e" no seu rosto e ficou no fundo da letra "u", cavando, cavando, cavando, até topar, um dia, com sua própria cova.

Natalina

Antes de fugir, deixou as calças de brim do marido bem lavadas. Penduradas, no varal, pareciam fantasmas incompletos ensaiando incompleto adeus.

Arrependimento não mata ninguém, ouvira falar. Entrou pelo pátio dos fundos para ganhar fôlego e arrumar as ideias. Os presentes eram pequenos e bem selecionados. Um para cada filho com embrulho azul. Um para cada filha com embrulho rosa.

Natal é tempo de perdão. De perdão, sim, pensou alto e se deixou guiar pelas próprias pernas; por isso voltou contando os passos.

Deu de cara com o varal. As calças de brim estavam lá, tal como as havia pendurado três anos atrás. Nos bolsos, os passarinhos construíram perfeitos ninhos. Tempo de presépios, pensou. E de nascimentos delicados.

Insônia

Sono, nem de perto. Virava o quinto dia dos infernos. Insônia nasceu com o destino certo: carregar o amanhecer nos cílios pesados.

A mãe com seus remendos de acalantos de *boi de cara preta* e de *pega esta criança com medo de careta*, costurava medos de dia eterno.

Insônia acompanhava a cantiga fazendo dançar os dedos na palma da outra mão. Era assim desde criança e ficou sendo até ainda.

- Que esta minha filha nunca dorme, desesperava a mãe.

- Que esta minha filha me tira o sono, sonambulava o pai.

Chá de camomila amanhecida no sereno - aconselhavam as vizinhas. Folha de alface embaixo do travesseiro, receita da mãe do jardineiro. Nem uma, nem outra, até que um dia Insônia descobriu o sonho dentro do sono e além dele. Um homem que não era príncipe e nem princípio de nada a chamou de Sonia. Silêncio até de cantigas. Jamais Insônia jamais.

Remo

Nunca ouviu falar do rio Tigris e muito menos do Eufrates e muito menos das Sete Colinas de Roma, até aquele dia que o menino brincou com ele:
- Remo, onde está Rômulo?
- Rômulo?
- Sim, teu irmão gêmeo, aquele que te matou...

Remo não é mais o mesmo. Embarcou numa canoa e faz bom uso dos remos. Impossível topar com Rômulo. Ele rema sem parar, vai que encontra Rômulo por aí. Melhor morrer no rio, pensou. E, sem querer, foi assim que Remo descobriu seu ofício de remar o medo e a dor.

Arbusto

Arbusto tinha vocação para os encontros. Herança milenar de sua raça, de quando era árvore. Ouviu com muita atenção a história que nunca mais o abandonou. Foi sua própria avó que lhe contou sobre os arcos das floresta formados pela inclinação das árvores para cochichar segredos de folhas com suas vizinhas. Assim foi e até agora. E isso acontece também na cidade, as árvores aproximam suas copas para a boa prosa do dia, com as árvores do outro lado da rua.

Arbusto entendia tudo sobre genealogia de árvores...

-E se tua avó fosse mentirosa e contou essa história só pra você dormir? Pergunto seu filho mais novo.

Arbusto preparou o ninho do filho e contou outra história, muito mais bonita que aquela que ouviu de sua avó. Mas esta era uma história de verdade, que Arbusto, eu já disse antes, tinha vocação para os encontros.

Constantina

Banguela de gavetas, a velha cômoda está sorrindo com suas gengivas expostas. Impossível recuperar seus guardados de toda a vida. Sapatinhos de lã e de lá, tão pequeninos, que guardavam seus dentes de leite, por onde andarão?

Constantina via com tristeza essa cômoda abandonada pelos cantos. Lá fora, o marceneiro esculpia próteses de madeira de lei para preencher os vazios de tantas gengivas, digo, de tantas gavetas.

Assim que o implante de pinos e coroas, se complete, Constantina o cobrirá com seu manto de rainha da primavera que foi um dia. Um dia a cômoda abrirá seu sorriso completo, preenchido de gavetas...Um dia. Por enquanto, Constantina cuida dos seus guardados nas gavetas do sentimento. Constantemente, é claro.

Ligeira

Ligeira era lenta, sim senhor. Não que ela notasse, mas estava na boca de todo mundo, desde criança.

-Esta menina tem talento.

Ela entendia assim: tem talento, tá lento. Ligeira era o símbolo da contradição. Um nome denotativo do contrário que a denominava.

De tanto ela se apressar a cada rótulo de "tá lento" que ela recebia, conseguiu afinar sua ligeireza com o nome próprio, trocando o transporte comum de bicicleta pelo ônibus chamado *ligeirinho*, em Curitiba. Ligeira e Ligeirinho passaram a formar o melho par. E quem somos nós para discutir caso de amor inusitado?

Boazinha

Boazinha não gostava ser boazinha. O nome foi determinado pela avó materna quando ela ainda não sabia fazer diferença entre maldades ou bondades, no ventre de sua mãe.

- Será Boazinha. Falou sua avó, só isso! A mãe sabia que palavra de mãe não se contraria, pois dá azar. Foi o que ouviu a vida toda.

Boazinha resultou ser uma escoteira pelo avesso. Sua má ação do dia precisava ser cumprida. Do contrário, seguiria sendo boazinha. Boazinha...esse nome lembrava bobinha, de fato, ela não gostava, não.

-Boazinha, com quem você está falando?

-Com minhas maldades, mãe, com minhas maldades...

-Cruz, credo, de onde saiu esta menina, assim, tão mal educada? Onde já se viu contrariar pergunta de mãe, desse jeito? Ah, se eu não tivesse ouvido minha mãe, você nem seria Boazinha.

Verdadeiro

Para sentir melhor, o frescor do dia, atravessou algumas ruas até chegar naquela esquina. Era sua esquina preferida, todos sabiam. Avesso a calendários, o cego nem prestava atenção aos dias da semana, mas aprendera a respirar como ninguém o tempo de cada estação do ano.

Nesta semana chegou atrasado ao seu território único. Outro cego instalou residência, bem ali, bem ali onde ele era o dono de sua esquina e inata verdade.

- Este ano tem muito azul nas vitrines, você percebeu? Eu gosto mais do vermelho.

-Do vermelho, gosto também, mas o verde, ah o verde eu quero ver mesmo, ou deixarei de me chamar Verdadeiro.

Ideia

Idéia ganhou esse nome no tempo de ortografia antiga. Idéia acentuada, incisiva, eficaz. Idéia saindo como raio da sua cabeça em direção ao universo. Se alguém pensa que mudar - assim, de uma hora, para outra, sem nenhum preparo - a grafia do nome, não causa efeitos colaterais, está muito enganado.

As ideias de Idéia, pós retirada do acento ficaram fracas, invisíveis, quase nada. Desconsolada escreveu no face: "desde que meu nome ficou sem acento, minhas ideias ficaram menos acentuadas". Na hora, recebeu mais de duzentas curtições e cem comentários.

Aos poucos suas ideias começaram a assentar e ganhar novas dimensões, mesmo sem acento. Seria por causa do consolo dos amigos ou porque ela completaria, em breve, sessenta anos? Vai saber, vai entender estas coisas. Uma década depois, Ideia, que já se acostumara a viver sem acento e com assento, tentou acompanhar melhor as mudanças. Nada mais seria um atentado contra ela. Agora Ideia entrou de cabeça mais flexível na década dos setenta.

Santo

A família apostou na sua voz de soprano e já o via cantando nos palcos da cidade. Mas, Santo, assim como seu irmão, Crispiniano, foi cuidar dos sapatos. Mas, quem disse que ele esqueceu do canto? O solado dos sapatos de sua clientela faziam – schrimp, schremp, schromp, schrump... A musiquinha de fundo acompanhava os passantes. Algumas pessoas com fino ouvido até paravam para admirar a novidade.

Santo cantava como ninguém na hora da lida de palas e solados. Céu e terra unidos pela voz santificada e sacramentada pelo nome. Solados, palas, algumas saias. Santo, assim era feliz, até que um dia aprendeu a impostar a voz e andar descalço.

Antiga

Antiga vinha de longe, isso todo mundo sabia. Beirando os oitenta anos, alguém a chamou de Antígona. Naquele dia ela estava um pouco indisposta. Na verdade ela nunca ficava doente e sua palavra, para algum mal estar passageiro, era "indisposta".

A indisposição de Antiga a deixava num estado de letargia que a assemelhava com uma couve-flor, um estado quase vegetal.

-trinnnnnng, trinnnnnng

Sem vontade de atender ao telefone, Antiga atendeu. Vai que é um dos seus netos...

- Bom dia Dona Antígona

- Antígona?

O novo nome levou seus olhos para a estante mais próxima. Procurou Sófocles e disposta, aliás, bem disposta, começou a se desler.

Eremidas

Eremidas nunca soube o que era melhor: guardar moedas ou guardar sonhos. Dividiu atitudes seguindo o rumo do seu nome. Guardou sonhos entre as penas do travesseiro e guardou moedas embaixo do colchão.Parece que nunca se arrependeu deste despropósito. Hoje, avô, divide entre os netos, o que há tanto tempo guardara. Em fila, a cada visita: sonho/moeda/sonho/moeda são distribuídos com bom senso de justiça. Quem ganhou sonho antes, ganha moeda depois.

Eremidas nunca mudou de nome, nem de atitude. Até hoje, os netos equilibram bem: num bolso, sonhos; no outro, moedas, enquanto Eremitas e Midas dialogam entre si.

Trama

O gesto dele, quando lançava a rede no mar, como se a colcha na cama, a prendeu desde a primeira vez.
Esse pescador era igual aos outros. Nem mais nem menos. Só ela notava o que ninguém via - as entrelinhas da rede armando gesto. O mar, enorme berço sem lençóis, tão ausente de colchas, parecia que só aguardava.
É igual, igual a todos, ninguém notava diferença. Ela, sim. Antes fosse. Antes fosse igual a todos que cisco no olho dela era sempre cristal de aumento e de tormento.
Setenta passos até a praia eternizavam o desfraldar da rede. Mas, jeito de marinheira, tinha não. Muito pesada, a rede, para lançar no mar colcha de aconchego. Impossível imitar o pescador.
E ele nunca soube que de longe alguém o amava.
- Foi assim, minha filha, que comecei este meu ofício de rendar colchas.

Roslindo

Com uma rosa, em cada mão, Roslindo aguarda a troca de luzes no sinaleiro.
Um casal de briga no primeiro carro. Ninguém quer saber de rosas, ora, horas, santos horários...Outro casal de briga no segundo carro. Só viram os espinhos. O menino também. Ah, vida! No terceiro carro, terceira briga de casal.
O menino oferece as rosas, quase sem oferecer, mais viradas para ele do que para o casal...
Quanto custam as estrelas, perguntou a mulher? O homem ao lado demorou a entender. O menino olhou suas mãos, olhou a base das rosas. Oh...Mundo!
As estrelas estavam ali, bem na base das rosas. Roslindo ganhou a luz que aguardava. Venderia estrelas. Ou rosas com base de estrelas.
O sinaleiro mudou e jogou luzes no pentagrama de carros e no menino. E nas rosas. E nas estrelas. E mesmo nos casais de briga.

Epopeia

Não combinava com seu nome, Epopeia.

Mal guardava verbos de ação no seu cotidiano. Epopeia apenas sorria, como que escondendo algo. Esse algo escondido incomodava como pulga atrás da orelha. Como atrás da orelha do outro, daquele que estava perto, pois na orelha dela tudo era voz de quase história infantil. O que agradava aos olhos, agradava ao ouvido, agradava ao toque e ao próprio nariz.

Aos poucos, os escondidos de Epopeia, como espelho vivo, do interlocutor da hora, foram aparecendo. O primeiro foi Apolinário, sujeito reservado de fala mansa e comedidos gestos. O retrato que Epopeia mostrava dele era um susto revelador do escuro do caráter do outro, da sua sombra.

Daquele que pensava: Epopeia, não combinava com seu nome.

Domingo

Ocupado em pensamentos domingueiros, Domingo nem respondeu o bom dia entusiasmado do seu patrão. Naquele dia ele tinha acordado cedo, digo, mais cedo do que de costume, porque a palavra *tarde*, para ele, significava a plenitude do dia, das coisas, dos acontecimentos. Nada de auroras e madrugadas. Isso de quem madruga, Deus ajuda, não tinha, definitivamente, nada a ver com ele.

Mas o patrão era paciente, condescendente e isso maltratava muito Domingo. No fundo, fundo, ele queria mudar. Queria ser como os colegas que acordam cedo e bem dispostos começam o trabalho. Nesse mesmo dia um colega o chamou de *Dormingo*. Seria o começo de um terremoto chamado *bullyng*? Nada disso. Pelo jeito, foi a solução.

Com a letra "r" a mais, no nome, Domingo ganhou uma sede de seguir correntezas, de ir atrás dos verbos rápidos e da letra cursiva, bem corrida. Algo mudou no seu sistema circulatório, respiratório. A letra "r" virou um rio perene no seu coração que o acordou para o agito do dia. Carpe Diem, Dormingo!

Arlindo

Arlindo era daqueles homens pé no chão. Mas pé no chão mesmo, de dispensar até chinelo de dedo. Ele se sentia completo ao lado de sua enxada, do arado, do cigarro de palha e de alguns cavalos que ele reconhecia pelo trote e pelo nome.

Lindo, lindo, para falar a verdade, ele não era; mas, a falta de lindeza era compensada com qualidades preciosas.

O patrão sabia disso e não fazia negócio sem a presença dele. Arlindo sentia no ar a energia do sujeito de confiança, juro que nunca vi nada igual. Ele revirava os olhos de um jeito estranho que significava *sim*. E de outro jeito, mais extranho ainda, que significava *não*. O patrão obedecia.

Um dia, vai saber o motivo, Arlindo perdeu o ar e seus poderes, ninguém soube o motivo. Irremediavelmente, ficou apenas lindo.

Resolvido

Apareceu num vilarejo de sei lá de onde e veio de um lugar que ninguém conhece. Bombachas, chapéu de couro, cinto com fivela de ferro e uma sacola de estopa. Entrou desse jeito no bar. O japonês que nunca falava perguntou, apontando para o embrulho: é uma sanfona? E era.

- Toca algo pra nós, pediu o mais novo de todos.

É pra já.

....

Tocou. Tocou com tanta intensidade que o silêncio dançou no ar como borboleta noturna. O mais velho pegou delicadamente o chapeu de Resolvido e o passou entre os presentes. Generosidade absoluta. Até os passantes perto do bar, que pararam para escutar, colocaram suas moedas.

- Uma cachaça para nosso gaiteiro! Alguém do fundo gritou.

- Não, obrigado. Preciso preservar meu nome. Resolvido botou o chapéu, guardou sua pequena fortuna e foi embora para algum outro lugar.

Clara

Antes dos suspiros chegarem no estado crítico, de agora, Clara fico muda por um bom tempo. Não é que ela não pudesse falar. Alguém já a viu conversando com as galinhas. Mas, simplesmente, ela não falava com os humanos.

Os suspiros, ah os suspiros...Se seu pai fosse rei contrataria mil e um servos para irem atrás do motivo ou do motivador dos seus suspiros. Sim, porque suspiros e dor rimam bonito, ou pior, rimam triste.

Ninguém soube quem jogou uma simpatia embaixo da porta de Clara: A solução para os suspiros é bater Clara.

-Bater na minha filha? Nunca!

-Quem falou em bater Clara? Aqui está escrito bater clara, clara de ovo. Do lido e relido, Clara foi ao fato. Bateu clara de ovo separando as gemas, claro.

A mesa e até as cadeiras começaram a ganhar uma decoração diferente. Suspiros de mil tamanhos ganharam a forma da dor de Clara. Alguns bem retorcidos, outros menos; cada suspiro contando um recorte de história, de saudade. Pequenas esculturas de tristezas. Cada uma contando sua melhor história. Foi assim que Clara parou de suspirar e voltou a falar com os humanos.

Hortênsia

Contemplou as hortênsias como se nunca as tivesse visto antes. Pareciam crianças espiando pelo muro. Olhos lilases e cabeças redondas com risonhas pétalas se avolumando ao longo da entrada daquela igreja.

Hortênsia soube o que era pertencimento. Ela era uma delas, sim. E quando ela se integrou no meio delas, as hortênsias iniciaram um coral de sinfonia hortensina. Hortência afinou a voz e também cantou.

Nem notou em que momento as hortênsias empreenderam vôo. Desolada, novamente sozinha, Hortênsia, em pleno mês de maio, aprendeu o que era o desgosto de um desmaio.

Manuscrita

Manuscrita andava atrás do amor, esse substantivo abstrato sem extrato nenhum. Nem de tomate, nem de maçã, nem de figo, nem mesmo de conta bancária. Quando criança, ela acreditava nisso, que o extrato de tomate tinha algum parentesco com o substantivo abstrato.

Outros tempos, Manuscrita agora escreve no teclado e verifica suas contas bancárias on line. Até ali tudo faz sentido. O que ninguém entende é essa cisma com o substantivo abstrato da palavra amor. Deixa pra lá, manuscrita, esse substantivo carece de interpretação. E não parou até ler na palma da mão as pautas do seu destino amoroso. Na primeira frase lida, um suspiro. Na segunda frase, dois suspiros. Na terceira frase, piração total.

Deixa pra lá, Manuscrita, se eu tivesse um nome como o teu, digitaria a palavra amor sem pensar em nada. Substratos, extratos e abstratos não entendem das coisas do coração.

Indecisa

Silêncio de canto de galo, antes do canto. O teclado reclama seu poema novo para inaugurar por escrito, outro domingo. Se sai ou se fica, Indecisa não sabe.

O aquecedor no canto do quarto lança seu olhar de abandono. Ela nem liga. Descuidadamente, joga um vestido de verão por cima dele. Súbito, margaridas do estampado perfumam o ambiente. O dia pede faxina, mas ela amanheceu pronta para a escrita, ou será o contrário? Indecisa sofre.

Finalmente consulta as margaridas do vestido folha a folha – escrita, faxina, escrita, faxina, escrita, faxin ... Tudo bem, tudo bem, ela obedece, mas promete nunca mais consultar margaridas de tecido. Abandona a faxina e sai lá fora procurar margaridas naturais, para nova consulta.

Socorro

Socorro aqui, socorro lá e ela nem sabia quem a chamava. E isto não acontecia apenas na vida real, também em sonhos era um tal socorro aqui e lá. Ela corria, sim. Filha de Iemanjá, a grande mãe, nascida para socorrer terrestres e navegantes, seu destino era correr para ajudar. Que o diga o latim: succursus.

De tanta corrida para socorrer conhecidos e desconhecidos Socorro ganhou inúmeros tropeços e o Pronto Socorro mais próximo sempre era o seu ponto final. – Você corre muito, Socorro, custa muito, só andar? Falou o enfermeiro de plantão. No final do atendimento Socorro teve que assinar seu nome. Respirou profundamente e escreveu: Soanda.

Objetivo

Ele já desconfiava, mas agora tinha quase certeza de que os objetos o espreitam. O chuveiro, do nada, faz um barulhinho de chocalho. A faca na mesa, desapontada de proteínas, aponta para seu peito. A toalha cai adivinhando seu corpo suado. Objetivo não duvida, pega as chaves e sai para dar uma volta, não sem antes espiar em torno dele. Desvira a faca e frita um bife; abre o chuveiro e pega a toalha.

- Objetivo, você está louco, fala a mulher.

Pouco depois, ela mesma jura que sentiu um perfume pela casa. O frasco de perfume bem fechado. Ficou inquieta e pediu: Objetivo, eu quero um abraço.

Objetivo, amoroso, esqueceu dos objetos e navegou nos olhos da mulher, subjetivamente.

Lordose

Era garçon do melhor restaurante da cidade. A bandeja na frente do arco de sua espinha dorsal, cada vez mais pronunciada. Eu atendo lordes, respondia, a cada pergunta sobre a suposta lordose que carregava no seu nome e na sua acentuada postura lórdica. Mas, tudo indicava que o lorde era ele:

- Lord, por favor, mais uma dose ...

- Lord, mais uma salada

Lordose arqueava mais a espinha, empinava o nariz e a bandeja o guiava até a seguinte mesa. Um dia, porém, porém, Lordose deslocou de vez a espinha de tão arqueada que estava e para corrigir o problema começou a atender de costas, a bandeja no alto da cabeça. Aos poucos sua espinha ganhava o equilíbrio necessário. Mas Lordose deixou de ser Lordose. E ficou só no lamento: é dose...

Dolores

O dia "D" estava ali, espreitando pelas cortinas os preparativos para o casamento. Dolores nunca antes vira uma consoante do seu nome tão desagregada, como nos últimos dias. De fato, todo mundo falava do dia "D" e ela sentiu uma orfandade de letra no seu nome triste. Dolores ficou mais cheia de dores do que antes. Não era mais Dolores. Era Olores. O noivo argentino repetia isso uma e outra vez, mas não a deixou sem explicação. *Sin la letra D, mi querida Olores, tu eres el perfume que restó del buquet.* Sem a letra "D" Olores virou fragância de noiva e foi assim que entrou na igreja, com o sorriso mais deslavado de dores, possível.

Guerreiro

Desde criança sabia atirar, como ninguém, ao alvo certo. O presente do padrinho foi certeiro: arco, flechas, alvo. Tudo encomendado aos índios da rua da praia de Porto Alegre. Aliás, foi um indiozinho que anotou o nome no seu caderninho de encomendas { jogo de arco e flecha para Guerreiro}. E assim foi e assim ficou desferido. Hoje, Guerreiro não lida mais com aquele brinquedo de criança, mas conservou a postura de antigamente. Um pé atrás, outro na frente. Cabeça reta e o joelho genuflexo. A cada objetivo na mira, Guerreiro acompanha uma flecha imaginária. Intenção, tensão, atenção são suas companheiras desde antes e desde então.

Sarado

O dia que a família o levou passear na praia dos sarados, Sarado que nunca soube que estava doente, se deixou levar. Foi uma criança de oito anos que o deixou confuso com sua pergunta :

- Você já esteve doente?
- Oi...?
- Porque minha tia acha você moço bonito e sarado.

A tia retorna da praia e se apresenta:

- Muito prazer, meu nome é Sarah.
- O prazer é meu, completamente Sarado.

.

Libertad

Porque adorava ouvir as músicas da famosa espanhola Libertad Lamarque, não teve dúvidas em escolher o nome para sua primeira filha - Libertad desde pequena se achava destinada para o canto. A mãe cobria os ouvidos com bolinhas de algodão para não ouvir os insuportáveis ensaios agudos e guturais da menina. Um dia Libertad libertou-se de Libertad Lamarque e desenhou um belo caminho de tintas na folha branca de papel. E, claro, faltou papel para Libertad traçar seu destino tão infinito quanto seu nome.

Solito

Não nasceu brasileiro, nem meio brasileiro da serra gaúcha. Nada a ver com Martin Fierro, não, mas quase. Não confundir com *sozinho*, com aquele que num aconchego de ninho guarda seu coração e seu nome. Nada disso, ele era solito, ito e pronto, sim senhor.
Assim, sem chance de estar aninhado na própria solidão ou na alheia, Solito e mais alguns íntimos sabiam seu verdadeiro nome. Mania do povo espanhol gostar de diminutivos. Ele era Sol e sabia se reabastecer com sua própria luz e próprio calor.

Escondido

A última vez que falou em público foi um desastre. O tablado do palanque improvisado caiu ruidosamante. Escondido foi retirado do meio das tábuas com seus respectivos pregos. Ficou ileso por fora, mas, por dentro, visivelmente maltratado. Não saiu mais de casa e nem atendeu mais o pedido dos amigos.

Bem, isso, por um tempo. Porque o inusitado também aconteceu na vida de Escondido.

– Tio Escandido, onde está meu violão prometido?

Escondido pegou o sobrinho pela mão e de loja em loja, de instrumentos musicais, foi escandir a vida e o violão.

Profecia

O livro será engolido numa capsula. E a leitura? E o prazer da leitura, onde fica? A fruição seguirá, a cada sístole e diástole dos batimentos cardíacos, seu ritmo, sereno ou alucinado. As pupilas mudarão de cor conforme a leitura. Você poderá reconhecer, na cara do outro, seu leitor favorito e a referência bibliográfica com todos os detalhes, até com o nome do tradutor, se for o caso.

Profecia professava. Foi assim desde que começou a falar. Quando ela pensava chamar pelo avô, ele aparecia na porta. Nem causava mais espanto para os pais. Só para os vizinhos e outros conhecidos.

Alma

Cada vez que perdia a calma, Alma respirava fundo. Uma, duas, três vezes, até sua alma voltar sossegada, serena, como gostava de ser. Não, ela não aprendeu isto sozinha, aprendeu com a bisa Ñawi que nem a chamava de Alma, mas sim de Ñe, em guarani genuino. Palavra pequena faz mais sentido, ela falava. E ninguém precisou explicar-lhe que "**Ñe**" significa ao mesmo tempo *alma* e *palavra*. Alma quase não comprendia esta questão. Mas, pelo sim, pelo não, ela nunca apagava as palavras que escrevia. Vai que ao apagar as palavras sua alma fosse junto. Com o cotovelo, sem notar, apagou o que acabara de escrever no tablet. E foi assim que Alma foi e não é mais.

Bárbara

Bárbara jogou a mordaça de toda a vida no primeiro dia do mês de julho. E, finalmente, mostrou unhas e dentes. Não que antes não mostrasse, o filho do açougueiro sabia muito bem disso. Um certo sotaque alemão a prendia um pouco, embora encantasse os outros. Nisso de mastigar palavras ela perdia sua força de nascença.

No chá de aniversário, com as amigas, ganhou um lenço de estampas felinas, embrulhado num pedaço de jornal. As amigas riram com o presente inusitado. Bárbara riu também, por fora, porque por dentro ficou cheia de garras e suspiros.

Rotina

Quarenta passos exatos para o caminho íngreme que a levava do ponto de ônibus até sua casa. Sim, ela contava os passos e caso errase refazia a conta subindo toda aquela ladeira de novo, desde o primeiro passo . A rota de sua rotina era sagrada, ninguém ousaria rompê-la, ninguém. O pássaro azul, no passo número vinte, se interpós, um dia em seu caminho. Ele pousou no seu sapato, sem pedir licença nem nada. E nunca mais saiu dali.

- Rotina, onde você vai?

- Vou com o azul para a cidade.

Não, a vida dela não mudou muito depois do episódio do pássaro. Continuou contando os passos, como sempre, mas nunca sabia se o azul trocaria de pouso para o outro sapato no passo vinte, trinta, quarenta, cincoenta...

Sentada, Rotina agora inventa muitas histórias para seus netos.

Ida

Quando voltou daquela avenida Ida prometeu para si mesma que sua vida iria para frente, somente para frente. Aprendeu a cruzar as pernas e fazer posse de mulher que procurava.

Procurou saber a origem do seu nome. – Mãe, por que me chamo Ida e não Volta?

- Por causa da sua avó, minha filha. Ela se chamava Perdida.

Trânsito

Trânsito nunca invejou o nome da sua irmã Ida. Ele sabia que ele ia e voltava, mas algo o incomodava, e muito. Ida, não estava na boca do povo como ele:

- O trânsito está uma loucura.

- Inferno de trânsito...

Trânsito parou no jornaleiro da esquina para bisbilhotar notícias. E quase engoliou em seco o chiclete que mastigava quando leu: greve de metáforas na Grecia. Pela imagem que acompanhava a notícia, entendeu que as metáforas eram os ônibus. Ele, o sustentador de metáforas, ficou mais transitivo e feliz que nunca.

Penha

Neste aniversário, Penha prometeu para sim mesma não soltar o choro preso na garganta como todo ano fazia. Sim, ela guardava as mágoas em garrafas de diferentes tamanhos e as bebia todas no dia do seu aniversário. Então, depois da hora do parabéns chorava aos prantos como mulher carpideira.
Este ano seria diferente. E foi. No centro do bolo ela guardou uma risada. Na hora do parabéns ela sorriu... Os convidados sorriram com ela. Na hora de cortar o bolo a risada não conteve o riso, com cócegas da faca. Os convidados riram com a risada que bateu na penha do seu peito.

Penteado

Naquele dia pegou o rastelo para carpir. Tateava o lugar do mato crescido e lá ia enxada. Exausto, do último trabalho de jardinagem do dia, viu que o acabamento em torno do jardim ainda estava incompleto. Pegou a tesoura maior para aparar as folhas mais grossas e a tesoura menor, para as miúdas. Antes calculava com as mãos.

Final do dia só faltava o penteado. O rastelo passeava pelo gramado, e cada vez que fazia isto, Penteado tinha a sã consciência de estar penteando a terra que ele conhecia palmo por palmo, desde que nasceu cego.

Ariadne

Balconista experiente na padaria próxima de sua casa. Pagamento justo, conforme a massa que ela desenrolava. Atendia com esmero a freguesia; ninguém ouviu nunca queixa dela.

Numa ocasião, perguntaram seu nome. Ariadne, respondeu, puxando instintivamente fios do seu cachecol. Quem perguntou, sorriu, admirando o gesto. Ariadne, você combina mais com fios do que com...Nem ouviu o resto. O comentário perturbou sua rotina e começou a ver fios e texturas em outras telas, em outros espaços.

O eletricista, que ela sabia desprezar, levou surpresa de choque. Ariadne amou seus fios e descobriu que o amor tem muito de pólos e descargas elétricas, alta tensão, resistência aparente e curto circuito incandescente. Ariadne sorriu entrelinhas e desligou a lâmpada. Amanhã pediria a conta na padaria. Ela soube que combinava com seu nome.

Estrela

Quando aprendeu a escrever seu nome desenhou uma estrela. Foi essa a primeira lição aprendida de tanto ficar, de barriga para cima, sobre o gramado, soletrando estrelas. Na escola, a professora achou graça, no começo. Depois implicou seriamente: - Estrela, você precisa escrever e não desenhar seu nome. Estrela fez de conta que não ouvia. Só mais tarde, bem mais tarde, na vida adulta ela descobriu que não era fingimento, que ela era, de fato, uma estrela surda e muda. Mas não ficou triste, afinal, estrela já encanta e brilha no melhor do silêncio. E, como se fosse pouco, faz constelação.

Esperança

É verde, a esperança é de cor verde e ponto. Assim, Esperança confirmou o que todo mundo já sabia. Suas roupas verdejantes de formar floresta falavam por ela. Numa ocasião, ela notou um broche vivo, um broche com formato de folha, mas não era vegetal. Parecia um grilo mas não era grilo. De longe sua avó gritou. É uma esperança!! Nesse mesmo instante a esperança que não era grilo mudou de lugar e foi parar no seu dedo.

- Mas, então, eu não sou a única Esperança... existe outra esperança?

A esperança que virou anel, no seu dedo, mudou de lugar e virou brinco. Esperança se perdeu dela mesma. Ficou inquieta. Onde será o próximo pouso da outra esperança?

Feliz

Feliz era apelido. Seu nome mesmo sempre foi Felizberto. Se ele era feliz? Era. Até que um dia conheceu o espelho que o converteu num Feliz Felizberto ao quadrado, dobrado, repetido. Então, Felizberto conheceu o outro que o espreita que era ele mas quase não era. Mas, até ali, tudo bem. Felizberto ainda era feliz. Um dia, porém, porém, Felizberto conheceu outro Feliz de verdade. Foi na fila do banco. Soube o nome desse outro Feliz quando o ouviu respondendo ao celular:

- Sim, sim, é o Feliz que está falando.

Felizberto desfelizou-se inteiro. Entristeceu de verdade. A felicidade do outro Feliz o deixou por conta.

Vítimo

O dia que Vítimo auscultou o seu penúltimo motivo para chorar as pitangas, a pitangueira secou. Claro, antes disso culpou pai e mãe pela seiva da sua vida e pelo leite derramado. Numa ocasião, achou um pedaço de elástico jogado na rua. Esticou. Desesticou. Esticou. Desesticou. Esticou. Desesticou. Esticou. Desesticou.

Gostou de ver e sentir. Voltar à forma original, depois que algo ou alguém nos perturba, é sinal de inteligência. Bem, isso foi o que sua irmã Resiliência explicou depois de ouvir, pacientemente, sua última queixa.

Salvador

-Qual foi seu pesadelo de ontem, Salvador? Ele não respondia, não; apenas desenhava couves-flores daqui e dali sobre as telas, os muros, os papéis. Ahh, mas ele era muito lúcido quando se tratava de contar os trocos para comprar mais tinta ou comprar castelos. Comprar castelos? Sim, castelos. E no verso do cheque, assinava um desenho de sua marca, daqui ou Dali.

SOL

Dia de sol, ela não sossegava, não. Ficava feita fio de alinhavo, costurando o que inexiste com o real bem inventado. Dia de sol escancarava suas portas, descortinava as janelas e destravava suas vias aéreas, terrestres e venosas.

Sol e sol eram uma pessoa só. Ainda hoje, Sol desconvalesce quando coincidem seus raios com o dia ensolarado que mal amanhece.

Costela

Assumida na vida, Costela sempre soube o que queria. De natureza doce, ela só ficava revoltada quando alguém a lembrava dessa história dela ter sido retirada da costela de Adão. Costela trabalhava dobrado, dia e noite e nem sossegava na hora de dormir. Antes de pegar no sono, Costela contava, uma a uma, todas suas vértebras. Era o jeito dela, vai saber...

Bemol

- Sorria, Bemol, sorria! Nem se importe com o feijão no meio dos dentes, sorria. A cauda do piano lustrosa e sem paciência está quase dedilhando sozinha, aquela música do antes da sesta, como de costume. Mas Bemol, surdo de nascença, carregava o teclado no sorriso com feijão e somente sorria, acarinhando o piano.

Leite

Tão feminina nos gestos e tão masculina no nome. Isso, tudo, até que um dia Leite cruzou a fronteira e se deparou feminina nos gestos e no nome em espanhol. Quando voltou ao Brasil, nunca mais ela foi Leite. Passou a se chamar, com muita alegria, de *Leche*. Sim, *La Leche*, incluindo o artigo, para ninguém duvidar. E, maternalmente, amamentou seus filhos.

Jasmim

O tempo de hemodiálise, no rim da menina, contava os minutos, alongando cada segundo. Era preciso. O aparelho e a caixa de remédios estava na equipagem do avião; qualquer atraso seria fatal no dia marcado para o transplante. Jasmim viajava com o avô, que me contou tudo isso. Jasmim Amaral, sim. Foi o nome que o avô repetiu duas vezes, quando prometi rezar por ela, na despedida, no aeroporto de Porto Alegre. O transplante aconteceria nesse mesmo dia. Aroma de jasmim me acompanha até agora, quando lembro, amorosamente, desta menina.

Marina

Respirou areias do Sahara até os doze anos. Marina colasantiava entre camelos de bom porte e garrafas de areia pintada. Não combina, não combina, uma criança falou. Não combina o quê? – Ela perguntou. A criança desconversou e fez outra pergunta: - Nas areias do deserto, você consegue ver as ondas do mar? Marina navegou nas perguntas sem resposta e começou a saltitar nas ondas do seu próprio pensamento.

Discreta

A primeira vez que foi chamada de cretina, Discreta decretou a ira, até o final do dia. Discreta, sim. Cretina, não; mas aliteração que se prece sempre se parece, com rima ou sem ela. Pensou, assim, discreta, cretinamente discreta, cheia de vírgulas e reticências....

Mel

Amanheceu com essa ideia. Usaria para o dia do noivado um lenço com estampado de abelhas. O que seria uma brincadeira, apenas para combinar com seu nome e com seu sapato, da mesma cor, ganhou zumbido irritante. No começo ela pensou que fosse o noivo cochichando no seu ouvido. Alguns falaram (que palpite não faltou na vida de Mel) que era labirintite e que logo passaria. Nada, nada, disso. Mel jogou longe o lenço e o zumbido permaneceu; Aliás, quem não permaneceu foi o noivo.

Dulce

O marido espanhol, nunca duvidou de sua escolha. Se ela se chamasse Doce, não seria a mesma coisa, não. Mas, Dulce, mesmo agridoce, seria Dulce. A relação não era apenas questão de nome, de palavra, não. Era questão nutricional, sim, porque Dulce tinha predileção por alimentos amargos como quiabo, rúcula, jiló, alface roxa. Claro, a mesa destoava, totalmente, com seu nome. O marido passou a imitá-la, vai que ele pegaria um tanto dessa doçura de nome e de pessoa, com alimentos amargos. Nada como uma roda de chimarrão entre eles, Dulce entrava com sua doçura toda. O chimarrão, entre eles, selava os sabores e dissabores.

Lua

- Lua, onde está teu Sol? A turma da escola era implacável. Claro, a carinha minguante, com olhar de névoa, comovia até a moça da limpeza da escola.

Um dia, Lua, no sexto mês de ciclo irregular, apareceu volumosa, à vista de todos. – Lua cheia, Lua cheia, zombaram os colegas.

A rotina da sala de aula mudou quando Lua desapareceu e todos começaram a falar dela, como se fosse estrela.

Serena

- Serena, você nunca fica nervosa?
Serena, num ataque de verbos, destratou violentamente o dono da pergunta.
- Calma, calma, Serena, eu só perguntei porq...
Serena ficou nervosa, toda movimento e ação. Seus verbos em "ar" em "er", em "ir", como espadas aparando o matar, sem querer, demonstravam seu sentir. A culpa toda foi daquela pergunta mil vezes ouvida. Naquele dia, Serena ficou verbosa...

Glória

Quarta-feira de missa na imensa capela da escola. Ela queria fugir. Os desmaios inventados não enganavam mais ninguém. Mas, desta vez, Glória ficaria protegida do tal *Glória, Glória Aleluia* que a escola inteira cantava com vigor, olhando para o canto onde ela se escondia. Quando a fobia missênica chegou ao maior grau, ela aceitou participar da missa, serenamente. Todos estranharam sua atitude ao contrário, todos!

Aprendera a provocar sismos e acomodamentos nas letras do seu próprio nome. Agora ela era Roliga, sim senhor. Roliga: forte, atrevida e grande, à prova de todos os aleluias e dias da semana.

Máximo

- Bom dia, Máximo!
- Bom dia, a suas ordens, Máximo Comum Divisor.

As pessoas achavam divertido, esse Máximo. Comum Divisor? Não deve ser nada sério não... As pessoas estavam enganadas, sim. Quando o encontro acontecia com números únicos, nada acontecia. Mas com números pares, ah, com números pares, o pior acontecia, divisão na certa, o casal se separava, aos poucos dias de encontro com o Máximo. Digo, com o Máximo Comum Divisor.

Ervilha

É claro, que esse não era seu nome de verdade, era seu nome na escola, antes, bem antes da proclamação do bulling. A mãe já sabia: nenhuma comida com ervilha, que Ercília chorava aos prantos. Um dia Ercília descobriu Hans Christian Andersen e virou princesa, na hora. Nunca mais se importou que a chamassem de Ervilha, isso era coisa do passado, porque Ercília virou mocinha de muito respeito, sim senhor. Não entanto, um pouco estranha, no cotidiano familiar. Deu de querer dormir sobre muitos colchões e deixava no meio uma ervilha. Ah, entendi, ela treinava sua sensibilidade para se perceber princesa de verdade, como no conto lido que tanto a tocou e mudou todas suas noites.

Migo

Sempre tão cheio de preâmbulos e prefixos, Migo cansou de ser o centro do grupo de amigos. Cansou de ouvir a tal frase de muitos: amigos para sempre. Um dia amanheceu determinado, seria núcleo, fonte, caroço, medula, centro do seu nome, pra valer. Assim quando a vida assinalasse seria amigo, convidando o prefixo *a*. E outras vezes, por que não, seria *ini* migo, até dele mesmo. Se ele era bipolar? Nada disso, bipolar é aquela emissora de rádio que tem como pregão: em 20 minutos, tudo pode mudar.

Flor

Quando o moço descobriu seu nome, teve certeza por que seria ela seu amor da vida toda. Flor, flor, flor, repetia incansável, sonhando um dia tê-la num lindo vaso de cristal.

Foi correspondido e os primeiros cinco anos foram uma florada só. Pistilos e pétalas, nas palavras, nos atos, nos banquetes. Nem sabemos quando tudo começou a mudar. Um dia ela amanheceu com ares de brinco de princesa e desfilava pela casa achando-se a própria; outro dia, digo noite, virou a perfumada dama da noite. Claro, o moço pediu explicações. Ela abriu a porta, mostrou o olho da rua e disse categórica: comigo ninguém pode.

Jesuita

O nome destinado era Jesus, porque todos aguardavam um menino, por mil motivos: porque dá menos trabalho, porque pode se defender melhor na vida, porque acompanharia o pai nas pescarias e no futebol. Pois, nasceu menina: curiosa, quase rebelde, perguntadeira.
Pegou nos braços o menino Jesus do presépio e o embalou com amor de mãe, de irmã, embalando nela o Jesus que não tinha sido.

Simplício

Simplício, simples, assim? Bem que ele gostaria. Seu pai Diógenes decidiu o nome dele cinicamente. É por isso que ele mesmo se apresentava assim: Simplício o cínico. Ostentava sua pobreza inventada para inglês ver. Não era lorde nem nada, mas gostava aparecer com calça rasgada, lanterna na mão, só para impressionar os incautos. Alguns até pensavam que foi ele que inventou aquela moda de jeans mostrando os joelhos. Nada disso, Simplício o cínico, cosmopolita por natureza sabia viver plenamente no meio do seu barril.

Pérola

Cada vez que atravessava a fronteira virava Pérola. Ela que era uma Perla de gentilezas e rosadas e fofas bochechas, no Paraguai, empalidecia e caiam as bochechas quase encostando o queixo quando chegava ao Brasil. A família, preocupada, pensou que ela sofria de algum tipo de bipolaridade cartográfica. Pode, assim, alguém mudar de nome, gênio e figura, mal muda de ares? Seu caso está sendo estudado até agora. Aguardemos os resultados e diagnósticos.

Leona

Porque nasceu em agosto, as estrelas desenharam seu nome. Uma marca de shampoo inspirava o jeito dela jogar os cabelos para trás, com desdém aprendido. Leona não cortava sua cabeleira farta; cortava, sim, as garras. Era seu jeito de desaprender heranças ferozes, felinas, feridas. Um dia (tamanho susto) a encontrei colando unhas postiças, brilhantes, pontudas, afiadas. Um livro no colo acompanhava tão delicado momento. Não consegui ler o título completo, se não me engano, era algo assim como "*...com os lobos*".

Salmo

Almo, Almo, assim o chamava a avó, desgostosa de não ter sido consultada para a escolha do nome. Se Almo, gostava? Vai saber... Ele obedecia por Almo e Salmo, até que um dia resolveu consultar a Bíblia e leu um por um os santos salmos. Na verdade sua intenção era ler todos, todos, para quem sabe, habitar num deles, como se teto, refúgio ou fortaleza fosse. Parou. Parou, sim, no salmo que disse: fale pouco para evitar a prosa vã dos tolos.
Fica almo, Salmo, as consoantes, assim como a vida, mudam de lugar e destino, a qualquer momento.

Neura

Sai dessa, Neura!

Como adivinhar se os amigos sabiam de seus problemas íntimos do cotidiano ou dos seus transtornos comprovadamente neurais? Pelo sim, pelo não, procurou um neurologista para ajustar seus neurônios, caso estivessem em desequilíbrio.

O corredor era longo e confirmou o nome do médico, mais de três vezes. O que? Estou lendo direito? No momento que o Dr. Neuro, neurologista, abriu a porta, Neura lembrou-se dos seus amigos e disse para si mesma: sai dessa, Neura!

Justino

Ele precisava do trabalho. E se alguma coisa, Justino sabe fazer na vida é honrar seu signo zodiacal. Isso mesmo, libriano de pratos na balança bem equilibrados. A fila para trabalhar no circo que acabara de chegar na cidade dava a volta na quadra. Chegou sua vez.

- Domador, palhaço ou mago, o que você prefere?

- Equilibrista.

- Número 60 para fazer o teste na próxima semana.

O varal de casa serviu de ensaio, exercício e tentativa. Nunca antes Justino fez jus ao seu nome e ao seu signo.

Branca

Branca nasceu preta, pretinha.
- Espelho, espelho meu, existe alguém mais branca do que eu?
Por volta dos catorze anos, Branca trocou de espelho pelo tabuleiro de xadrez. Alguns suspeitavam que ambos mantinham conversas, porque ás vezes pegavam Branca sorrindo, docemente. Não fosse o tabuleiro feito de madeira, seus quadrados combinavam perfeitamente com ela que alternava brancos e pretos...
Branca sempre começa a partida no jogo de xadrez.

Confúcio

Assim, como se brincasse de amarelinha, Confúcio saltitava bem os hexagramas da vida. Do sucesso ao infortúnio ele sempre seguia enfrente, controlando o ego, como prego que sabe seu destino. Na hora do infortúnio, ali que dava voltas e voltas, ora para o lado esquerdo, ora para o direito. Hora? Era o que mais perdia Confúcio. A turma da empresa caçoava: onde está a montanha, Confúcio? Ele respondia, no interior da terra. Os colegas ficavam planos, retos, sérios. Confúcio dava uma volta, meia volta e saltitava do inferno ao céu seus hexagramas bem vividos.

Papel pólen,
tipologia Cardo 10,5/15, na primavera de 2019.